AF216541

RENE´ CARSTEN

Lyriker und Philosoph

René Carsten

ADOPTIERTES GLÜCK

Eine zu Herzen gehende Naturerzählung
für jedes Lebensalter

Bibliografische Information der Deutschen Nationalbibliothek:
Die Deutsche Nationalbibliothek verzeichnet diese Publikation
in der Deutschen Nationalbibliografie; detaillierte
bibliografische Daten sind im Internet über dnb.dnb.de
abrufbar.

Inhalt

Quellennachweis:
Alle in diesem Buch enthaltenen Gedichte sind den Rene'
Carsten Veröffentlichungen:
Begehre alles, was dich stark macht und
Halleluja auf die Rose von Jericho
entnommen.

Liebe Leser;

Es liegt mir am Herzen, zum Inhalt und zur Gestaltung dieses Buches einige Worte an Sie zu richten. Es ist mein uneingeschränkter Respekt vor jedem Tier, der in mir den Drang der Nähe zu ihnen erweckt.

Den Tieren, meinen Freunden, das Recht auf eigene Lebensgestaltung einzuräumen, veranlasste mich, diese literarische Fantasie zu schreiben, eine Fantasie aus der Wirklichkeit geboren.

Ich bin überzeugt, sie sind ein Teil von uns, ohne sie wäre unser Leben nicht möglich! Mit diesem gewählten Schreibstil sollen meine Akteure keinesfalls vermenschlicht werden! Es ist eine Fantasie des Zusammenlebens der Tiere, an ihrer Seite wir Menschen.

So könnte ich mir einen Sommer meiner tierischen Freunde vorstellen, mit ihrer Gestattung darf ich ein Teil ihres Lebens sein. Dies alles ist getragen von einer Gewährleistung: Respekt vor der Freiheit der Tiere! Denn, sie respektieren meine Freiheit!

Viel Vergnügen

Rene`Carsten

Kapitel 1   VORSTELLUNG DES MILIEU`S

Von allen Weiden, die es auf dem wunderbaren Erdball gibt, war die Wunderweide Tausendarm wohl eine der Schönsten. Nicht nur ihre stattliche Höhe von fast zehn Metern ließ sie neben den weißen Birken und edlen Tannen majestätisch erscheinen. Auch ihre vielen Äste, die winkend in den Garten reichten, machten sie zu etwas Besonderem. Nur die hundert Jahre alte Eiche in der Nähe war dem Himmel noch ein Stück näher. Sah man sich die Wunderweide Tausendarm aufmerksam an, stellte man an ihr ganz schnell das Besondere fest. Sie war das meist geliebte Haus der Tiere. Ihr weiches Holz war für alle tierischen Wohnungsbauer eine Einladung.

So wohnten und spielten in Harmonie und mit Vertrauen dicht beieinander die fröhlichen sprachbegabten Stare, die Familie der Meisterturner, die Eichhörnchen und nicht zu vergessen, die farbenprächtigen Spechte. In den Nistkästen an ihr wohnten die kecken Meisen und Spatzen. Nebenan sorgten die Mönchsgrasmücken und Kleiber für ihre hungrigen Kinder. Jeden Morgen, an jedem Abend gab es so aus allen Kehlen die schönsten Konzerte. Besonders versuchten die Meisen, ihre Mehrheit zu präsentieren. Die nächste Minderheit, die Spatzen, schickten trotzdem lautstark ihr bescheidenes Tschilp – Tschilp in den Garten. Aber dann die Majestäten, die Stare und die anderen Singvögel in unterschiedliche Federpracht gehüllt, ließen besonders aufhorchen. Die Schwarzkittel, die stolzen Amseln, erschienen im Weidenheim nur hin und wieder zu einer kurzen Stippvisite, sie zogen ihre Kinder im nahen Kiefernwald auf.

Dann gab es da noch Aufsehen erregende Gäste im Weidenhaus, die sich weniger durch Sprachtalent und schöne Gesangsstimmen hervortaten, sie zeigten völlig andere, erheiternde Talente. Zum Beispiel die ununterbrochen am Baum auf und ab flitzenden Kleiber. Einmal den Kopf nach oben gereckt, dann kopfüber nach unten stürmend. Sie klopften und hämmerten die Rinde der Vogelwohnung ab, um Käfer und Maden aufzuspüren. Mit ganz anderer Gewalt und höherem Schlagrhythmus bohrten dagegen die Spechte ihre Schnäbel unter die Baumrinde. Während die buntgefiederten von ihnen beim Abflug zum nächsten Ast mit einem hämischen Krächzen den Würmern ankündigten – wir kriegen euch schon – verkündeten die Schwarzspechte und Grünspechte die gleiche Ansage mit einem unüberhörbaren Kichern beim Abflug.

Dem allen sah gelassen die Starenfamilie zu. Sie, die stolzen Stare, toppten mit ihrer Imitationskunst alles. Ob es die knarrende Tür ist, der Ruf der Ralle, die Stimme des stolz am Himmel schwebenden Bussard`s, das Klappern der nebenan wohnenden Störche und viele andere Nachäffungen, die lustigen Stare übten sich ununterbrochen als exzellente Imitationskünstler. Wenn sie nicht auf Futtersuche für ihre Kinder waren, erfreuten sie sich, und alle die interessiert waren, ihnen zuzuhören, mit ihrem Gruppengeplauder, über alles, was sie irgendwo aufgeschnappt hatten. Dies alles wird niedergeschrieben, um einen Eindruck davon zu geben, welche Freunde die Eichhörnchen um ihre Wohnung herum in der Wunderweide hatten.

Die Eichhörnchen hatten sich in einem Nistkasten niedergelassen, der vor vielen Jahren für eine Starenfamilie an die in der Nähe stehenden Eiche gehängt wurde. An dem Tag, an dem ein fuchsroter Puschelschwanz aus dem Einflugloch des Nistkastens ragte, fröhlich im Sonnenschein hin und her wippte, stand fest, dieses an die alte Eiche angebrachte ehemalige Starenhaus war ab jetzt die Wohnung einer lustigen Eichhörnchenfamilie.

Ein Eichhörnchenpärchen wollte hier ein Kind zur Welt bringen, es hier aufziehen, auf das Eichhörnchenleben vorbereiten. Interessiert und neugierig flogen die Mönchsgrasmücken und die Fliegenschnäpper, die gleich nebenan wohnten, immer, wenn die Eichhörncheneltern Material für eine weiche Nestunterlage heranschafften, hin zum Hörnchenhaus, sie wollten wissen, was ihre Nachbarn wohl vorhaben.

Kapitel 2   NEUES LEBEN

Ein neuer Tag hatte sich auf den Weg gemacht. Sein faszinierender Sendbote, die Sonne, stieg über dem Fluss, aus dem Osten kommend, gemächlichen Schrittes, wie auf einer Himmelsleiter den Himmel empor. Das Wunder des Lebenskreislaufes ließ menschliche Herzen höher schlagen, weckte Blumen und Gräser, gab wie ein Orchesterdirigent auch den Auftakt für den Beginn des Erwachens der Bewohner der Wunderweide. Die Stare rappelten sich, um ihr allmorgendliches Erlebnisseminar mit guter Kondition beginnen zu können. Nach friedlichem Familienschlaf in den Nistkästen und Höhlen begannen alle Vogeleltern mit der Versorgung ihrer Kinder. Aus allen Öffnungen der Unterkünfte reckten kleine, noch nackte Lebewesen ihre auf zarte Hälschen aufgesetzte Köpfchen in den neuen Tag. Jedes von ihnen bemühte sich, bei der nächsten Futteranlieferung durch Vogelvater und

Vogelmutter den ersten und größten Happen zu erwischen. Langsam stieg die Sonne am Himmel höher und höher. Der Glanz, den sie auf der Wiese und unter den Bäumen auslöste, ließ auch die Erdbewohner zur angemessenen Präsentation ihrer Schönheit auf den Plan treten.

Der Mai war angebrochen, alle Laubbäume präsentierten sich mit besonderem Glanz. Nur in diesem Monat schmückten sie sich mit wunderbarem lindgrünen Laub. Es strahlte Lebensfreude und Stärke aus. So luden die Laubbäume mit dieser Farbenbotschaft auch die Gäste ein, von denen sie wussten, sie kehren alljährlich aus dem Süden des Erdballs zurück, um die in großer Erwartung, die sich in den Bäumen befindlichen Unterkünfte neu zu beziehen. Die Starenfamilie war schon in den ersten Tagen des März in ihre Baumhöhle ein-gezogen. Sie waren so auch die ständigen Ankündiger. Jeder sich auch in diesem Jahr niederlassende Artgenosse, wurde lautstark an alle die, die es wissen wollten, vermittelt. Schon an den letzten Abenden des April hatte man die Stare geheimnisvoll flüstern gehört. Die Eichhörnchen, Meisen, Sperlinge und Spechte waren sehr neugierig und versuchten, den Inhalt der Flüstergespräche zu erkennen, es gelang nicht! Da fasste sich das Eichhörnchenmännchen ein Herz und stieg von Ast zu Ast durch die Wunderweide, es fragte, vor dem Starenloch sitzend: „Was tuschelt ihr da vor euch hin, dürfte man mal den Inhalt eures Geheimnisses erfahren?" Die Stare rappelten sich, beide kamen durch ihre Lochöffnung nach außen auf den Ast vor ihrer Wohnung und riefen alle im Baum befindlichen Artgenossen zu sich heran.

Auch die Igel, Frösche, Kraniche, Eichhörnchen und Waldvögel baten sie, zuzuhören: „Wir müssen euch auf ein besonderes Ereignis aufmerksam machen", sagte das Starenweibchen: „Ihr wisst, manche Besonderheiten geraten in Vergessenheit, so halten wir es für unsere Pflicht, euch zu erinnern, dass in den nächsten Tagen die wunderbarsten Stimmen unserer Artgenossen, der Nachtigallen, für vier Wochen zu hören sein werden. Ihr kennt das Ereignis, auch die Menschen warten alljährlich mit Ungeduld auf diese wunderschönen Konzerte der Nachtigall. Als wir vor Tagen an der Pferdekoppel vorbeiflogen, fragten uns die Bewohner, wann es denn soweit wäre, was die Ankunft der Nachtigallen betrifft. Sie haben so großes Interesse daran, weil die Wundersänger im Strauch direkt neben der Pferdekoppel ihre Heimat haben. Es ist, wie das leuchtende Laub unserer Bäume im Mai, der erste kulturelle Höhepunkt eines jeden Jahres."

Die Zuhörer waren, obwohl sie es in den Jahren zuvor schon miterlebt hatten, von dieser Ankündigung begeistert, denn alle sind stolz auf die Nachtigallen und ihren außergewöhnlichen Gesang. Nun flogen und gingen alle wieder zurück in ihre Behausungen. Zuvor hatte die Starin allen das Versprechen abverlangt, sofort zu informieren, wenn einer von ihnen den ersten Ruf der Nachtigall vernommen hat. Am übernächsten Tag, die Sonne schickte ihre letzten Strahlen vom Westen in den Himmelsteil, aus dem in wenigen Stunden der Mond der Erde zulachen sollte, aus der Abenddämmerung stieg die erste Melodie der Nachtigall zum Himmel. Es war so weit – alle Freunde der Wundersängerin flogen und stiegen in die Äste der Wunderweide. Auch am Erdboden wurde es lebendig. Menschen kamen in die Gärten, alle waren beglückt, nun sollte über vier Wochen dieser „Glockenklang" – gesendet aus der Kehle der Nachtigall, zu hören sein.

Aufgeregt kam ein Kranich unter die Weide geflogen, er rief nach oben, seine Stimme überschlug sich fast: „Darf ich den Herrn Uhu bitten, dazu ein Gedicht unseres Dichterphilosophen vorzutragen, ihr müsst wissen, mir ist bekannt, dass der ehrenwerte, hochintelligente Herr Uhu in seiner Literatursammlung auch ein ehrendes

Gedicht über unseren Gast, die Nachtigall, besitzt!" Alle herausgeeilten Tiere sahen sich fragend an, waren noch sprachlos, da rief das Igeloberhaupt aus der Hainbuchenhecke: „Natürlich, natürlich und nochmal natürlich, das Gedicht muss her." Und der Igel fügte an: „Sie, ehrenwerter Herr Kranich, sind wohl der am besten Geeignete, ihre gefiederte Freundin zu ehren."

Alle Anwesenden klatschten Beifall. Am nächsten Abend kam aus der Abenddämmerung, ein Manuskript im Schnabel, von der Waldkante her der Kranich. Es geschah alles so, wie es vereinbart war. Schnell hatte sich um den Kranich herum eine große Schar von Freunden versammelt. Das Starenoberhaupt gab mit einem unüberhörbaren Schnarren das Zeichen für den Beginn der Lesung.

Lied der Nachtigall

Alter Strauch winkt mir in Liebe zu,
hat mich in den Arm genommen,
will mir sagen, hab` heut` Nacht verzaubernden
Besuch bekommen.
Gesang von ed`ler Schönheit dringt an`s Ohr,
lass` mich gern betören,
Zeit ist nun gekommen,
in der Nachtigallen alte Heimat neu begehren.
Tief erregt sind grünen Busches Adern, fast verstört,
heut` Nacht ist in seinen Schoß unter`m Mond,
die Nachtigall zurückgekehrt.
Blattwerk zappelt aufgeregt,
will mich bitten, zu verweilen,
ich verneig` mich, denn wie Zeit,
wird auch der Nachtigallen Ruf enteilen.
Maienzeit ist in den Jahren gar zu kurz für`s Glück
bemessen,
will zu keiner Stund` in meinen Tagen, Nachtigall,
dich je vergessen.
Sangesintermezzo klingt in mir so über`s Jahr,
über alle Monde,
lenke meinen Schritt in stillen Zeiten, hin zum Ort,
wo Freundin wohnte.
Freude ist in mir, so am ersten Maientag in die
Nacht zu lauschen,
schöner Frühling – Nachtigallenschlag –
soll mein Herz berauschen.

Der Eichhörnchenvater, der sich eiligen Schrittes kopfüber an dem Weidenstamm herunterhangelte, hielt kurz vor den Grashalmen inne, interessiert schaute er auf die fröhlich von Grashalm zu Grashalm hüpfenden Grillen, ihre zarten Beinchen erweckten den Eindruck, als wären es kleine Goldstäbchen, die im Wechsel zum Hüpfen und Greifen eingesetzt werden. Mit ihnen musizierten sie dazu noch bis hinein in die Nacht. Aus der Wunderweide war so etwas wie ein Streit zu hören.

Eine Spatzenfamilie war in einen temperamentgeladenen Meinungsaustausch mit der Starenfamilie geraten. Es wurde erörtert, wer von ihnen wohl die schönste Unterkunft bezogen hätte. Die Stare lobten ihr Wohnungsloch im Stamm der Wunderweide. Das Sperlingsoberhaupt erwiderte, zwar mit geringem Wortschatz, aber umso mehr mit stimmlichem Nachdruck, ein Wohnungsloch gäbe es doch eigentlich gar nicht. Die Stare zogen daraufhin ein

Gegenargument aus ihren Federkleidern, das die Sperlinge verstummen ließ. Sie erklärten demonstrativ, sie hätten dazu von einem menschlichen Dichter ein Dokument in ihrer Unterkunft, im Stamm der Wunderweide, woraus hervorginge, dass historisch gesehen, ein Starenloch eine außergewöhnliche Heimstatt sei. Aus dem Nistkasten der Spatzen hörte man ein fröhliches Kichern.

Das Spatzenmännchen konnte es sich nicht verkneifen, zu den Staren hinzurufen, sie mögen doch für eine solche Behauptung vor allen Bewohnern der Wunderweide einen glaubhaften Beweis erbringen, denn Stare, im Kontakt zu einem menschlichen Dichter, welche Lachnummer wäre das. Die Stare, die noch immer auf dem Ast vor ihrer Wohnung saßen, baten alle Bewohner der Wunderweide und Anlieger der Nachbarschaft um Aufmerksamkeit.

Das Starenmännchen flog hin zum Wald und kehrte nach wenigen Minuten mit dem Oberhaupt der Kauzfamilie zurück und erklärte allen Versammelten, der Herr Oberkauz hätte sich den von den Sperlingen geforderten Beweis von dem Herrn Uhu ausgeliehen. Der Herr Kauz wäre bereit, dieses Werk vorzutragen. Der Auserwählte plusterte sein Gefieder auf, rappelte sich und begann seinen Vortrag.

Freundesliebe

Ein Wohnungsloch!

Ein Wohnungsloch?

Das gibt es nicht – das gibt es doch!

Wo gibt es dieses Wohnungsloch?

Schau dort, an diesem Stamm der alten Weide – im Hof, im Garten, auf der Heide, dort ist es, dieses Wohnungsloch.

Das ew`ge Haus meiner Freunde,der Stare, uns verbindet über schon viele Jahre Liebe, Behütung, Angst um Bewahrung.

Im Herbst, am Tag der Trennung, wenn sie fliegen zum anderen Wohnungsloch ist erfüllt das Herz von Trauer und Glück, denn ich weiß, sie kommen im Frühling zurück, zurück, die Lieben, in mein Wohnungsloch.

Als der Vortrag beendet war, trat Stille ein. Die erste Reaktion kam von der Wunderweide. Sie tat etwas, was man bisher nur von ihrer Schwester, der Espe kannte. Die wispernden Bewegungen des Blattwerkes der Wunderweide gaben dem Moment etwas Festliches, es war wie ein zu Herzen gehender Beifall. Ovationen erhielt der vortragende Herr Oberkauz, auch von allen, die sich um ihn herum versammelt hatten. Die am Himmel weitergewanderte Sonne schien vor Begeisterung auch einen winzigen Augenblick einen Verneigungsstrahl mit besonderem Glanz in die Wunderweide zu senden.

Nun ergriff das Sperlingsoberhaupt wieder das Wort: „Schön, ich muss sagen – schön! Wo, liebe Starenfreunde, erreicht man diesen Dichter – ich glaube, wir Spatzen, wenn man unsere Bewohnerzahl auf dem Planeten zugrunde legt, hätten wohl auch den Anspruch auf ein solches literarisches Werk!" Einer der Stare antwortete, er wolle sich bemühen, diese Anregung an den Dichter zu vermitteln.

In diese erhabene fast festliche Stimmung mischt sich der Hilferuf eines Vogelkindes. Ein Grasmückenelternpaar hüpft aufgeregt durch das Astwerk der Vogelheimat. Vom Boden her schreit ängstlich eines ihrer Kinder, das aus dem Nest gefallen war. Vor ihm stand besorgt ein großes Lebewesen, das es zuvor noch nie gesehen hatte.

Die Grasmückeneltern sahen fasziniert zu, wie das menschliche Wesen, sie hatten dieses große Gebilde schon oft gesehen und wussten, dass sie ihm die Wohnung, den Nistkasten, zu verdanken hatten, sich liebevoll zu ihrem Kind hinneigte. Seine kleinen Zehenkinder, die vor ihrem kleinen Nesthäkchen standen, waren gerade so groß oder klein wie das Vogelkind. Das menschliche Wesen hütete sich davor, den kleinen Unglücksengel mit den Händen zu berühren.

Die kleinen Menschenkrallen, die wohl Finger genannt werden, waren wie kleine Stäbchen aneinandergereiht. Sie sammelten das unter der Wunderweide liegende Laub, umfassten damit behutsam das kleine Vogelkind und setzten es auf den Baumstumpf, den die Eltern täglich als Ruhestätte benutzten. Von hier hatten die Eltern der kleinen Grasmücke das geliebte Vogelkind schon bald wieder in das sichere Nest geleitet.

Man konnte die Aufregung aller Bewohner der Bäume noch lange hören. Nach diesem Vorfall waren alle Elternteile bemüht, dem Nachwuchs sehr ernsthaft die möglichen Folgen eines solchen Sturzes aus dem sicheren Nest zu erklären.

Kapitel 3   Der Hauptakteur tritt ins Leben

Aus dem alten Starkasten an der alten Eiche, den die Eichhörnchen bewohnten, kam seit einigen Stunden ein Geräusch, mit dem weder die in den Tag hinein lebenden Sperlinge, noch die Dozenten, die Stare, etwas anfangen konnten. Auch die soliden, unauffällig lebenden Grasmücken und Fliegenschnäpper fragten sich, was wohl an der alten Eiche vorginge. Es klang wie ein fröhliches Quiecken, aber manchmal auch wie das wohlige Glucksen eines Frosches.

So flogen die neugierigen Baumbewohner eilig hin zur Wohnstätte der Eichhörnchen. Das Rätsel löste sich selbst, als aus dem Einstiegsloch ein kleines Köpfchen, das so groß wie eine Haselnuss war, nur dann eine Haselnuss mit spitzen Öhrchen, herausschaute. Auf jedem dieser Öhrchen saß keck ein kleiner Pinsel aus Fellhaaren. Das Eichhörnchenpärchen hatte nun auch

Nachwuchs. Was war das für ein aufgeregtes Leben in der Wunderweide. Von überall her gab es Glückwünsche. Auch vom nahe gelegenen Wasser quakten die Stockenten, in den Pausen grüßten die Rallen hin zur Weide.

Vom Feld her grüßte sehr innig die fleißige Dauersängerin, die Feldlerche. Aus ihrem Gesang war deshalb sehr viel Herz zu hören, weil sie im Gras der Heide vier Kinder in einem liebevoll gebauten Nest abgelegt hatte. Von der Pferdekoppel erklang freundliches Wiehern. Und am Abend, als die Stille das Regiment übernommen hatte, kam, wenn auch verspätet, für jeden, der es hören wollte, der warme Glückwunsch der Uhu`s und der Käuze.

Nun war die Zeit gekommen, wo sich die fleißigen Mütter und Väter der Vogelkinder mit neuer Kraft für den nächsten Tag versorgen konnten. In diese Stille hinein schickte ein nachtaktiver Erdbewohner sein

Rascheln. Die kurzen, schnellen Beinchen des Igels flitzten durch das Gras. Immer, wenn er ein vertrocknetes Blatt mit einem Fuß berührte, wussten alle, Frau und Herr Igel jagen den Würmern hinterher. Schlau stellten es die Igel an, die Tauwürmer zu überlisten. Hatten sie einen Tauwurm entdeckt, der sich lang ausgestreckt im Gras lümmelte, stoppten sie ihren Lauf, um das Rascheln zu vermeiden. Ganz gemächlich gingen sie nun auf ihr Abendgericht zu, der kleine spitze Rüssel schnellte blitzschnell auf den Wurm zu, das Schmatzen begann. Die Igel sorgten nicht nur für ihren Lebensunterhalt, sie legten so auch genügend Reserven an, um den langen Winterschlaf zu überleben.

Obwohl es inzwischen Nacht war, gab es in der Wunderweide einen aufgeregten Disput. Bei genauem Hinhören stellte man fest, ein Star war mit seinem Nachbarn, dem Buntspecht, in ein sehr erregtes Gespräch verwickelt. Dabei ging es um die Behauptung des Stares, der Dichter, den er zuvor schon zitiert hatte, hätte nach seinem Wissen etwas zu Papier gebracht, was von der Traumwelt der Nacht handelt. Der Specht hämmerte vor Vergnügen mit seinem Arbeitsgerät, seinem spitzen Schnabel, gegen die Baumrinde. Er hielt das Gerede des Stares für eine eitle Gebärde, gab deshalb seinem Gesprächspartner zu verstehen, dass dieser, wenn er auch Star heiße, sich mit solchen Parolen längst nicht wie ein Star aufführen sollte. Der Star prustete mit Empörung dem Specht zu: „Wenn Stare etwas in die Welt rufen, haben sie dafür auch Beweise!"

Mit aufgeregtem Flügelschlag flog der Star hin zum naheliegenden Wald. Der Specht murmelte vor sich hin, er habe es so erwartet, wenn der neunmalkluge Herr Star sich keinen Rat mehr geben kann, sucht er das Weite. Schon in dem Augenblick raschelte und wippte es im Laub der Wunderweide.

Neben dem misstrauischen Buntspecht
waren der Star und ein Uhu gelandet.

Der Star eröffnete das Gespräch neu:
„So, du buntgescheckter Besserwisser, hier
ist mein Kronzeuge – Uhu – hat der Dichter,
der ein Mensch ist, die Nachtsonate ge-
schrieben oder nicht?" Der Uhu drehte
seinen Kopf einmal um 180 Grad, hob und
senkte die großen Augenlider und begann
seinen unüberhörbaren Ruf durch die Nacht
zu schicken. „Ich sage es dir, lieber Specht,
mit dem Beweis hör` zu!" Der Uhu holte ein
unter seinem rechten Flügel verborgenes
Papier hervor, entfaltete es und begann zu
lesen.

Nachtsonate

Eines Tags habe ich mich auf den Weg gemacht,
wollte ergründen den Partner des Tages – die Nacht.
Als es dunkelte, streichelte ein zarter Hauch meine
Hand,
es fühlte sich an, wie ein sanftes Werben um
meinen Verstand.

Von all dem waren meine Seele, mein Herz berührt,
so habe ich mit Neugier in mich hineingehört.
Wollte wissen, welcher Art war des Hauches
Begehren,
war es die Chance, über die Nacht mein Wissen zu
mehren?

Da kam mir der Philosophen Weissagung in den
Sinn, wonach nur der Strebende das Morgen
bestimmt.
Als mir dann die Silberfäden der spielenden Wellen
den Abendgruß zunickten,
in den Bäumen die Freunde der Lüfte ihre
Bettzweige knickten,
die Bewohner des Flüsschens auf ihren Bahnen zum
Nachtlager flogen,
hatte ganz heimlich der Tag eine tiefschwarze
Samtdecke über den Kopf gezogen.

Die Nacht hatte das Zepter übernommen,

Zeit der Stille hatte begonnen,
Stunden waren wie Staub durch gespreizte Finger
verronnen.

Nun kamen die ersten Grüße aus der Welt der
Sterne,
dazu gesellten sich die Rufe des Käuzchens aus
gediegener Ferne.
Mein Ohr umschmeichelte sehnsuchtsvolles
Wiehern von der Pferdekoppel,
vom Feld her kam die Neugier, ein Hase gehoppelt.

Der Ruf des verspäteten Kranichs ließ alle zarten
Töne verstummen,
eine irritierte Hummel umkreiste mein Haupt,
missmutig brummend.
Zwei Igel belebten das Revier, knurrend und
schmatzend streiften sie den Schuh,
ihnen sah ich noch lange, im Schein des Mondes,
bei der Wurmtafel zu.
Ich entschied mich, die Stachler künftig zu nähren,
solch eine Freundschaft ist seit langem mein tiefes
Begehren.

Als wollte er der Nacht die Leviten lesen, rief der
Uhu über mir, im Schilf gab`s ein Meeting vom
kleinsten Krabbelgetier.
Das Gespräch der Bäume mit den Rispen des
Schilfes streichelte mein Ohr,

als stellte ein Märchenerzähler einem Kind die
bezauberndsten Welten vor.

Neben mir fragten plötzlich die Augen eines
Fuchses, wer bist eigentlich du?
Ich winkte ihm mit meinem beglückten Herzen
liebevoll zu.
Über die Uferkante stolzierte, als träge er eine
Ritterrüstung, ein Waschbär, tat so, als ob er der
Souverän dieser nächtlichen Landschaft wär.

Diese Nacht war wie ein Traum, den ich so zuvor
noch nie geträumt,
eine Sinfonie der Stille, von unzähligen Sternen am
Himmel gesäumt.
Ich streckte meine Hände, wollte die Nacht zum Tag
hin wiegen, wollte gern wissen, wer von beiden hat
größeres Glück mir beschieden?

Über dieses Sehnen habe ich dann noch lange
nachgedacht,
hab` so verlassen das Bündnis mit der geliebten
Nacht.
Als mich schon beschäftigte der vor mir liegende
Tag,
hat mir aus der Schilfbank ein Frosch liebevoll Mut
zugequakt.
Vorbei die erquickenden Stunden, der lebendige
Traum,

dem Tag, dem Ungewissen, muss ich mich wieder anvertrau`n.

Gern hätt` ich festgehalten das sorglose Schweben,
jedoch, Traum ist Traum, der Tag das Leben!
Nun will ich nutzen die Kraft, die mir die Nacht verlieh,
wann ich in den Kampf gegen die Bürden meines Alltags zieh`.

So leb` ich wie das Meer zwischen Ebbe und Flut,
nehm` aus der Nacht meine Kraft, als meiner Seele Blut.
Wieder werd` ich mit Neugier geh`n in nächtlich erbauliche Stunden,
unter ihrem Dach habe ich Frieden, wie wahre Freundschaft gefunden.

War von wärmender, behütender Stille wohlig zugedeckt,
es war eine Zeit, die Sehnsucht nach längst Verlorengegangenem weckt.
Von der stillen Beglückung, lass ich auch künftig mich gern betören,
nehm` die Zeit, um beruhigt in mich hineinzuhören.
Will so künftig suchen die Stunden der stillen Erquickung, sind die Zusammenfassung des Jetzt mit der Erinnerung!

Einer, der es immer sehr eilig hat, der prächtige türkisfarbene Eisvogel, war im Geäst der am Uferrand des Gewässers stehenden Trauerweide eingekehrt. Er war beeindruckt von dem Vortrag des Uhu`s.

Vor ihm hatte sich am Ufer in totaler Stille die Wasservogelversammlung niedergelassen. Hier musste etwas Besonderes vorgehen, dachte er. Wenn sogar die ununterbrochen schnatternden Enten mal ihren Schnabel halten, will das schon etwas bedeuten.

Mit einem Lockruf rief das Eisvogelmännchen seine Familie herbei, die an der nahegelegenen Uferböschung eines Seitenarmes des Gewässers vor ihrer Höhlenöffnung saß. So etwas hatten sie noch nie zuvor erlebt. Ein Uhu liest für alle Tiere des Himmels und der Erde eine romantische Nachterzählung. Das Federkleid der schönen Eisvögel glänzte vor Erregung besonders in die Stunde der Nacht. Das Eisvogelweibchen fragte ihren Mann: „Soll ich hin zum Uhu fliegen, um ihm mit meinem Federkleid zu leuchten, vielleicht fällt ihm dann das Lesen leichter?" Der Befragte gab mit einem unwilligen Flügelschlag sein Nein bekannt. Als die Stille einkehrte, blieben die kleinen Wundervögel noch lange in der Trauerweide, sie waren wie alle sehr berührt.

Wie ein besonders liebevoll gebundener Blumenstrauß saßen dicht beieinander drei andere farbengesegnete Gäste. Selten waren sie in der Baumgruppe zu sehen. Ein Pirol, daneben ein Kuckuck, und der hatte an seiner Seite eine Goldammer. Das Mondlicht gab dieser Gästegruppe, die sich auf einem Zweig der weißen Birke niedergelassen hatte, den Glanz der besonderen Verneigung vor dem gerade zu Ende gegangenen Vortrag. Der Pirol und die Goldammer mit ihrem leuchtend gelben Gefieder erhellten das Federkleid des schwarzbraunen Kuckucks. Man hatte in den Momenten, in denen der Ruf eines der drei

Gäste erklang, immer den Wunsch, sie doch mit den Augen wahrnehmen zu können. Es war, als spielten sie jeder für sich mit ihrer Umgebung ein Spiel, das heißen konnte, ich schicke dir meinen selten schönen Ruf, aber wenn du mich sehen möchtest, musst du das Glück des Augenblick`s in den Händen halten. Auch diese drei Ehrengäste riefen hin zum Uhu, sie wären von seinem Vortrag begeistert und möchten auch in der Zukunft informiert werden, wenn solche besonderen Ereignisse geplant sind. Der Kuckuck fügte noch an, die Bewohner der Wunderweide mögen doch auch im Namen des Pirol`s, der Goldammer und auch in seinem Namen dem Dichterphilosophen für das wunderbare ehrende Gedicht Dank sagen.

Der selbst hörte die Bitte des Kuckucks und da er die Drei auch nur selten zu Gesicht bekam, ging er vorsichtig auf die Birke zu und erfreute sich im Schein des Mondes an dem selten schönen Anblick der Drei. Im hellen Schein des Mondes, unter dem Funkeln der Sterne war etwas Wunderbares geschehen. Alle Tiere des Himmels und der Erde, die das Gespräch der drei Vögel verfolgt hatten, ließen sich in und unter der Wunderweide nieder. Zu den Dauergästen der Weide gesellten sich Fledermäuse, aus dem Wald waren Eulen verschiedener Gattung gekommen.

Auf der naheliegenden Pferdekoppel war Stille eingekehrt. Sogar die ewig gesprächigen Frösche am Teich schafften es, unter diesen besonderen Umständen des Vortrag`s ihr Quaken für Minuten einzustellen. Unter der Wunderweide hatten die Igel angehalten und gönnten so ihrer Beute, den Tauwürmern, eine kleine Verschnaufpause. Die unzähligen Nachtfalter hatten sich auf den Köpfen der schlafenden Blumen abgesetzt. Nun stieg ein seelenerfülltes Murmeln von den Tieren auf zum Himmel. Der Uhu flog hin zum Fenster seines Dichterphilosophen, als wollte er ihm Dank sagen.

Am nächsten Morgen schien der Tag in der Wunderweide so wie zuvor zu beginnen. Aber von irgendwoher zog ein klagender Ton durch die Laubarme der geliebten Heimat. Aus den Einfluglöchern der Vogelwohnungen reckten sich die Köpfe der Vögel hin zu ihren Nachbarn. Eine Amsel, die neugierig in die Wunderweide eingeflogen war, bot den besorgten Bewohnern an, sie würde nachschauen, woher der Klagelaut kommt. So könnten die Eltern bei ihren Kindern bleiben, denn man wisse ja nicht, ob ein Räuber sein Unwesen in der Siedlung treibe.

Kaum war die Amsel vom Ast aufgestiegen, glaubte sie, die Richtung zu erkennen, aus der der Klagelaut kam. So lenkte sie ihren Flug hin zur riesigen Eiche, die nicht weit entfernt von der Wunderweide ihren Standort hatte. Dort hatte sich die Eichhörnchenfamilie in einem alten Starkasten einquartiert. Von hier kam der klagende Ton. Die elegante Amsel setzte sich auf das Dach der Eichhörnchenunterkunft und fragte in das Loch hinein, ob es ein Leid gäbe. Sie würde in diesem Fall alle Bewohner der Wunderweide dazu aufrufen, der Eichhörnchenfamilie Beistand zu geben. Vorsichtig streckte die Eichhörnchenmutter, denn inzwischen hatte sie zauberhaften kleinen Nachwuchs zu behüten und zu versorgen, den Kopf aus ihrer Wohnung.

Die Amsel fragte sofort, was der Grund für die klagenden Töne wäre. Da sie ja im Wald eigene Kinder zu versorgen hatte, fragte sie, es sei doch hoffentlich kein Leid, das mit Pinselöhrchen zu tun hat. Die Eichhörnchenmutter erklärte – vor fünf Tagen sei ihr Partner zu einem Spaziergang in den Wald aufgebrochen und seitdem nicht mehr nach Hause gekommen. Ihr sei ja bewusst, dass sie früher oder später allein für den Nachwuchs sorgen muss. Sie sei deshalb besorgt, weil dieser Umstand sehr früh nach der Geburt des Eichhörnchenkindes eintritt. Auch wisse sie, von Freunden und Verwandten, dass viele Eichhörnchen Opfer der Menschen mit ihren schnellen Autos werden. Außerdem wisse sie aus eigener Erfahrung, dass hinter den Bäumen Räuber lauern, um zu töten.

Die Amsel versuchte, die Eichhörnchenmutti zu trösten. Sie sprach weiter: „Wir alle müssen bei Tag und Nacht auf der Hut sein. Nun müssen Sie ihr Kind, das kleine Pinselöhrchen, wie wir es alle mit unseren Kindern tun, auf die Gefahren hinweisen."

Sie erklärte der Eichhörnchenmutti, mit viel Wärme in ihrem Ton, dass sie große Hoffnung in die Menschen setze, die ihr überwiegend als Behüter der Tiere bekannt sind. Die Seele des Eichhörnchens schien beruhigter zu sein. Sie zog ihren Kopf zurück, tauchte ab in ihre Wohnung. Die Amsel blieb noch einen kurzen Moment auf dem Dach der Eichhörnchenwohnung sitzen, ihr ging durch den Kopf, wie gesegnet die Vögel doch seien, dass sie von der Geburt bis zur Flugreife der Kinder gemeinsam den Nachwuchs versorgen. Ihr war, als hätte die Eichhörnchenmutter zu ihrem Pinselöhrchen gesagt, dass sie nun beide gut aufeinander aufpassen werden. Nun flog die Amsel mit lautem Signal, was wie ein erleichtertes Lachen klang, hin zu den Freunden in die Wunderweide, um zu berichten. Die Neugier war groß.

Spechtfamilie, Starenvölkchen, Meisen - und Sperlingsnachbarn, auch - Mönchsgrasmücken und Fliegenschnäpper fragten eifrig: „Was war?" Die Amsel berichtete über das Gespräch mit dem Eichhörnchen. Das Starenoberhaupt rief mahnend in die Runde: „Wir alle sollten, welche Gründe auch vorliegen, aus dem Vorgang bei den Eichhörnchen unsere Lehren ziehen." An den Familienvorstand der Buntspechte richtete er die Bitte, den Vorsitz als Warnrufgeber zu übernehmen, denn sein unüberhörbares lautes Organ wäre ja so eindringlich, dass kein anderer Bewohner es besser erledigen könne,

für die Sicherheit aller Bewohner zu sorgen.
Danach begann für alle das artgerechte
Leben – Futter für die Kinder ranschaffen –
Körperpflege – Gespräche über neue Er-
kenntnisse und über Dinge, die der Körper
und das Leben so jeden Tag verlangen.

Kapitel 4   Neue Leben und die Heimat

Der Abend rückte näher und näher.
Die Vogeleltern, auch die Eichhörnchenmutter, waren durch die Versorgungsauf-
gaben für ihre Kinder, über den ganzen Tag,
erschöpft. Hunderte Male waren sie hin zum
nahe liegenden Feld geflogen, um Futternachschub für ihre hungrigen Zwerge ins
Nest zu schaffen.

War es bei der Eichhörnchenmutter,
nur ein Kind, das sie zu versorgen hatte,
lauerten in der Unterkunft der Buntspechte
schon zwei hungrige Schnäbelchen. Bei den
anderen Familien öffneten sich bei der Ankunft eines Elternteils vier, manchmal sogar
fünf kleine Schnäbelchen. Die kleinen neuen
Erdenbürger rangelten und krakeelten, um
ihren Anspruch auf die gefüllten Schnäbel
der Eltern lautstark anzumelden. Das ent-
ging auch den in der Nachbarbirke lauern-
den Nesträubern nicht. Besonders die Els-
tern, Eichelhäher und Baummarder wollten

die Abwesenheit der Vogeleltern nutzen, um eines der Vogelkinder zu erbeuten. Der Warnruf der gerade anwesenden Vogelelternteile brachte für die Kinder in der Wunderweide eine relative Sicherheit. Sie waren mit dem Instinkt ausgestattet, den Warnruf der erwachsenen Vögel so zu verstehen, dass sie ihre Köpfchen tief in das Nest abduckten und erst dann aus der Lochöffnung schauten, wenn wieder ein Elternteil mit Futternachschub im Schnabel vor dem Nistkasten saß.

Nun, als der Abend angebrochen war, kehrte Ruhe ein. Die kleinen Mägen waren gefüllt. Die Eltern gönnten sich den verdienten Feierabend. Die kleinen Nachkommen rissen vor Müdigkeit die kleinen Schnäbel weit auf, so vermittelten sie den Eltern, wir sind bereit, uns für die Nachtruhe an euch zu kuscheln. Jedes Vogelkind deckte sich mit einer Schwinge der Eltern wohlig zu, es begann die wohlverdiente Nachtruhe. Das Schlaflied für die Tiere schickten die zirpenden Grillen aus der Hecke am Zaun. Nun begann der Aufbruch all derer, die die Nacht zur Spielzeit und zur Futtersuche auserwählt hatten.

Unzählige Nachtmotten schwirrten durch die Luft. Vom Wald her schickten die Eulen und Käuze ihren Ruf in die Nacht als Zeichen des Beginns ihres Aktionen. Die Fledermäuse rasten, wie von einem Düsenantrieb bewegt, durch die Nachtfalterversammlungen und Mückenschwärme, um ihre Mägen zu füllen. Ihr Radar führte sie so zielgenau in die Bereiche, die ihnen garantierten, erfolgreich zu sein.

Nur zwei der Baumbewohner fanden anscheinend keine Ruhe, sie redeten ununterbrochen aufeinander ein. Es waren zwei Starenmännchen, die ihr Talent als Philosophen entdeckt hatten. Sie erörterten die Frage, warum es noch nie jemanden in den Sinn gekommen sei, die treuen Wohnstätten der Vögel öffentlich zu ehren. Die Bäume haben doch eine besondere Bedeutung im gesellschaftlichen Leben, stellten sie fest. Wo sollten wir Vögel wohnen, fragten sie sich gegenseitig. Wir müssen noch heute Nacht jemanden finden, der sich dieser Sache annimmt, riefen sie erregt in die Nacht.

Der eine Gesprächspartner stellte fest, vielleicht wäre der wunderschöne Vollmond, der schmunzelnd am Himmel seine Bahn zog, die geeignete Persönlichkeit dafür. Dieser lächelte zwar kurz, aber reagierte auf diese Anregung hin nicht. Daraufhin zeigte der andere Gesprächspartner mit dem abgespreizten rechten Flügel zum Himmel und fügte an, vielleicht käme einer der unzähligen Sterne dort oben für die Klärung des Themas infrage und bemerkte noch, die Sterne sehen alle sehr weise aus!

Dieses Gespräch wurde unterbrochen durch das Auf – und Abschnellen des Weidenastes, auf dem die Beiden saßen. Sie mussten sich festhalten, so sehr schaukelte ihre Sitzgelegenheit. Neben ihnen hatte sich ein Waldkauz niedergelassen: „Habe euer Gespräch vom Feld her verfolgt," erklärte er mit hoher Stimme; „ich könnte euch helfen."

Die Stare konstatierten, er, der Waldkauz, wäre wohl genau im richtigen Moment eingeflogen. „Wer ist das Genie, das da infrage käme?" „Ihr habt wohl vergessen, meinte der Waldkauz, mein Neffe, der Uhu aus meinem Heimatwald, mit dem könnte ich sprechen, ob er bereit wäre, sich zu diesem Thema zu äußern. Er hat, wie ihr wisst, einen guten Draht, wie man sagt, zu dem Dichterphilosophen, dort am Rande des Waldes.

Aus dieser guten familiären Beziehung ließe es sich machen, dass euer Wunsch in Erfüllung geht!" „Unser Haus ehren, jubelten die beiden Stare wie aus einem Schnabel, wie himmlisch wäre das!" Ihr Gast schlug seine Schwingen zufrieden gegen den Bauch und schnarrte: „Sobald ich dreimal Kuwitt, Kuwitt, Kuwitt zu euch hergerufen habe, realisieren wir die Lesung eines Ehrengedichtes für alle Bäume der Welt." Der Waldkauz brach auf, die Stare schlüpften zwar in ihre Behausungen, konnten aber in dieser Nacht vor Erregung nicht schlafen. Am folgenden Morgen berichteten sie allen

Bewohnern der Wunderweide von ihrem Erfolg, alle Vögel, auch die Eichhörnchenmutter waren von der Nachricht beglückt.

Schon am folgenden Abend, der Mond hatte sich gerade auf seine Bahn begeben, hallte es vom Wald her, Kuwitt, Kuwitt, Kuwitt. Alle Vogeleltern weckten ihre Kinder, das Eichhörnchen erschien vor seiner Wohnung, die Vogeleltern saßen aneinander gekuschelt vor ihren Kästen, es war so weit! Ein Bote des Uhu`s, eine Goldammer, war eingeflogen. Sie brachte den Bewohnern der Wunderweide die Nachricht, in wenigen Minuten wird im Auftrag des ehrwürdigen Herrn Uhu ein Schwan aus dem Nachbargewässer das Ehrengedicht für eure Wunderweide lesen. Wie ein Signal fiel vom Nachthimmel eine Sternschnuppe, die Lesung begann.

Mein Baum – mein Freund

Ein Baum, ein wahrhaft imposantes Leben, ich
wollt`, ich könnt`wie er zum Himmel streben.

Trägt seine Krone stolz, wie ein Bouquet von Rosen,
ich nehm` ihn wahr, als könnte er die Wolken kosen.
Stets wird mir bang, wenn Stürme an ihm rütteln,
an ihm biegen, ich möcht` ihn dann behüten, diesen
Lieben, meinen Riesen.

Die Bäume, sie sind die Majestäten der edlen Parks
und der Alleen, sind Balsam uns`ren Sinnen, uns`ren
Seelen. Sie reichen üppig Blütentraum, ein Füllhorn
süßer Früchte, ich fühl` mich wohlend zugedeckt,
vom Nebel ihrer Düfte.

Im Schutz der Bäume liegt ein Märchenland, der
Pilze, Moose und der Gräser, ist immer reichlich
Tisch gedeckt, für Rehe, Vögel und die Welt der
zarten Käfer.

Der Baum, er ist das sich`re Haus der fröhlich,
gecken Vogelschar, gäb`es ihn nicht, wär arm die
Erde, arm das Jahr.

Mir tut es gut, wenn seine Äste freundlich nicken,

ich seh`s als Glück, daß seine Lungen mich ein Leben lang erhalten und erquicken.

Der Baum ist treuer Bruder mir, Behüter meines Lebens, drum rührt mich tiefer Seelenschmerz, möcht` ewig Schutz ihm geben, wenn Menschen sinn-und herzlos täglich, die lieben Riesen töten.

Er ist doch wehrlos, warum hörst du seinen Aufschrei nicht? Brichst du den Baum, begräbst du deine Seele, dein Gesicht.

Begreif doch, Mensch, er ruft mit seinem Zittern, seinem Beben, fällst du den Baum, nimmst du dir auch das eig`ne Leben!

Als die Zuhörer in der Wunderweide noch tief gerührt auf den wunderschönen stolzen weißen Schwan schauten, gab es auch vom Feld her und von den Ufern des Gewässers ausgiebigen Beifall für das ergreifende Gedicht und den schönen Vortrag. Hinter der Hainbuchenhecke hatten sich die Kraniche aufgestellt. Über ihnen schwebten erfreut die Schwalben aus der Nachbarschaft, neben den Feldlerchen durch den Nachthimmel. Die fleißigen Grillen hatten vor Ehrfurcht ihren Nachtgesang eingestellt.

Auch Bussarde und Sperber, die sich allgemein von dieser Gemeinschaft fern hielten, denn man war nicht grad befreundet, schickten einen freudigen Ton der Anerkennung in die Nacht. Vom Wasser her ertönte das Bravo der Wildenten, in diesen Ruf stimmten auch die versammelten Frösche vom Ufer freudig ein.

Solche wunderbaren Momente wünschten sich die Tiere auch für die Zukunft.

Der Mond und die Sterne am Himmel schienen mit einem Flackern ihre Anerkennung zur Erde zu senden. Nun kehrte in die Wunderweide Ruhe ein. Die Gäste begaben sich in ihre Heimstätten, nur die Igel und die Maulwürfe philosophierten auf der Wiese über die Möglichkeit, solche Vorträge zur Regel zu machen. Ein Kolkrabe hatte von der Waldkante den festlichen Akt beobachtet. So ganz verstand er das, was da vorging, nicht. Trotz seiner hochentwickelten Klugheit benötigte er von einem der Teilnehmer Aufklärung.

So flog der Rabe hin zur Feldkante zu den eben von der Veranstaltung zurückgekehrten Kranichen. „Was war das dort in der Weide für ein Festakt, wieso hat man mich nicht als Redner ausgewählt?" Die Kraniche hüpften fröhlich von einem Bein auf das andere und antworteten: „Hör; Kolkrabe, du bist zwar eines der klügsten Tiere, aber bei deiner Stimme wäre es wohl sehr anstrengend, einem Vortrag zuzuhören." „Aber ich erhielt auch keine Einladung als Zuhörer", entgegnete der Rabe. Die Kraniche versprachen dem Raben, in Zukunft für solche Höhepunkte auch an die Einzelgänger, die Raben, die Dohlen und die Saat – und Nebelkrähen zu denken. Schließlich könne man durch die Intelligenz der Rabenvögel ja auch hervorragende Vorschläge für die Gestaltung solcher Lesungen dringend benötigen. Der Kolkrabe bedankte sich und setzte seinen Flug fort.

Kapitel 5   Erster Abschied – Vorbereitung auf die andere Heimat

Der Sommer neigte sich seinem Ende zu. Die Stare hatten sich in der vorigen Woche aus der Wunderweide verabschiedet. Ihre vier Kinder waren zu starken, flugsicheren Vogelpersönlichkeiten herangewachsen. Sie hatten alle Flugübungen bestanden. Die Stareneltern waren sicher, ihre vier Nachkömmlinge sind für die Reise in den Süden, die andere Heimat, gut gerüstet. Man hatte sich, wie es unter gut erzogenen Vögeln üblich ist, von allen Nachbarn liebevoll verabschiedet und sich zugesichert, auch im nächsten Jahr werde man in der verehrten Wunderweide mit allen Freunden die Wohnungen beziehen, um neuen Nachkommen das Leben und wunderbare Erlebnisse zu schenken.

Die Meiseneltern und das Fliegenschnäpperpaar waren noch damit beschäftigt, dem Nachwuchs Kraft und Flugsicherheit anzuerziehen. Die kleinen, nun schon mit gutem Gefieder ausgestatteten Mädchen und Jungen, übten in den Nistkästen über die ganzen Tage die Flügelschläge, sie wussten, sobald die Eltern das Signal zum ersten Probeflug geben, müssen wir fit sein. Niemand wünscht sich einen Fehlstart oder gar einen Absturz, jeder kannte die bitteren Folgen. Auch ein Spatzenpärchen war noch dabei, den sicherlich letzten Nachkommen des Jahres die ersten Flugübungen vorzuführen. Neugierig und von Lerneifer erfüllt, steckten sie die kleinen Köpfchen keck aus den Löchern der Brutkästen.

Ein Spatzenkind rief frech, wie Spatzen nun mal sind, hinüber zu den kleinen Fliegenschnäppern: „Könnt ihr denn eigentlich schon fliegen, wenn nicht, schaut mal her zu uns, wir werden es euch gleich vorführen." Das Spatzenkind fügte dann noch an, die Eltern hätten ihnen den Rat gegeben, abends den Flug der eleganten Schwalben zu beobachten. Von diesen Flugkünstlern könne man noch viel lernen.

Am nächsten Morgen, die Sonne war von der Anstrengung ihrer langen Reise am ganzen Körper rot gefärbt, flogen an ihr vorbei alle Vogeleltern auf`s Feld, um den ersten Futtertransport in die Häuschen zu schaffen. Es sollte ein anstrengender Tag werden, denn es war der erste Flugtag für die Kinder angesetzt. Die Kleinen rückten nun in den Mittelpunkt des Tagesablaufes. Der Flugplan war so gestaltet, dass am Vormittag der erste Ausstieg aus den Brutkästen geübt wurde. Danach sollten die Winzlinge die ersten Flüge von Ast zu Ast üben. Für die Pausen war mehrmaliges Essen und Trinken geplant. So geschah es.

Lautstark hüpften mit heftigem Flügelschlag die Vogelkinder von Ast zu Ast. Es war ein freudiges Hüpfen und Piepsen zwischen den Ästen, die ersten Flügelschläge im Freien bereiteten den Kleinen Riesenfreude.

Auch die beobachtenden Eltern tschilpten lustig amüsiert, ergänzten so das Freudenkonzert der kleinen Flugschüler. In der Mittagspause fielen alle in einen tiefen Schlaf. Die Brutkästen waren von einer ungewohnten Ruhe umgeben. Nach einer Stunde machten sich die Eltern auf den Weg, um für die kleinen Helden des Tages eine stramme Mahlzeit heranzuschaffen, denn gleich sollten die Übungen fortgesetzt werden. Wie aneinander gereihte Perlen an einer Halskette hatten sich die Flugschüler auf den Ästen vor ihren Häusern aufgestellt, sie warteten auf die nächste Ansage der Mütter und Väter. Heute, im zweiten Teil der Flugübungen, ging es auf die Wiese nebenan.

Zuerst ermahnte der Vater, man müsse schauen, dass man zu ebener Erde nicht von Feinden belästigt wird. Er fuhr fort: „Sind wir sicher, erkläre ich euch, was Vögel mit einer Wiese anfangen können, welche Vorteile sie für uns hat, zum Beispiel für die Futtersuche." Die Grashalme auf der Wiese bogen sich vor Lachen. Das war zuerst ein Hüpfen und Hinplumpsen, sich aufrappeln, neu versuchen, zu fliegen, ohne sich anzurempeln. So gelang es, dass nach einer Stunde begeisternden Übens das Verbleiben in der Luft immer sicherer wurde.

Dann unterbrachen die Eltern die Übung und erklärten: „Zuerst der Abstoß mit den Beinen, dabei sind eure Flügel schon gespreizt. Sobald ihr die Erde nicht mehr berührt und den Aufschwung spürt, bewegt ihr gleichmäßig, rhythmisch eure Flügelchen. Das Luftkissen unter euren Flügeln trägt euch mit jedem Flügelschlag in die Luft." Das hüpfte und wedelte in der Wiese, bis ein Vogelkind nach dem anderen die ersten Meter, dann immer weiter und weiter bis schließlich hin zur Wunderweide fliegen konnte. Die Vogeleltern folgten ihren Kindern und lobten sie. Da wurden sie von dem Fliegenschnäpperweibchen darauf aufmerksam gemacht, dass aus der Wiese noch eine kleine Vogelstimme zeterte und krakeelte. Ein Spatzennesthäkchen hüpfte und trudelte über den Boden der Wiese. Eiligst flog der Spatzenvater zu dem Kleinen hin und sprach zu ihm: „Du folgst mir jetzt, da-mit es dir nicht so schwerfällt, fliegen wir erst bis zur Futterstelle des Igels."

Als sie dort angekommen waren, hüpfte der Vogelvater von herabhängendem Ast zu herabhängendem Ast und ermutigte seinen kleinen Nachzügler, ihm zu folgen. So geleitete der Vogelvater seinen Nachkömmling von Ästchen zu Ästchen immer höher und höher, bis sie an der Spatzenwohnung angekommen waren. Alle waren glücklich, wer gedacht hatte, die kleinen Zwergengruppen der Spatzen und Fliegenschnäpper wären totmüde, irrte. Sie hatten sich auf einen größeren Ast zwischen den Unterkünften niedergelassen und berieten darüber, wen sie wohl dafür begeistern könnten, den Uhu aus dem Kiefernwald zu bitten, noch einmal zu ihnen zu kommen. Sie stellten fest, alle Zusammenkünfte der Tiere, die sie dem Herrn Uhu zu verdanken hatten, wären doch so wunderschön gewesen.

Die in der Nähe mit ihrem Pinselöhrchen spielende Eichhörnchenmutter hatte das Gespräch der Jungvögel gehört und rief ihnen zu: „Ihr habt heute so Großes geleistet, dass auch ich stolz auf euch bin. Ihr wisst, ich habe gute Beziehungen zu dem Herrn Uhu, was wünscht ihr euch?" „Wir haben heute auf der Wiese, neben und über dem Wasser so viel neues wunderbares Leben zum ersten Mal gesehen, antworteten die Vogelkinder, ob er in seiner Mappe wohl ein Abendgedicht von dem Dichterphilosophen findet, in dem dieses üppige Leben gewürdigt wird?" Die Vogeleltern ergänzten diese Bitte mit der Feststellung, die Spatzen – und Fliegenschnäpperkinder hätten es schon verdient, eine solche Belohnung für ihren ersten erfolgreichen Flugtag zu erhalten. Schon eilte das Eichhörnchen zum Wald.

Als sich alle auf die Nachtruhe

vorbereitet hatten, rief es in die Eingänge der Nistkästen: „22:00 Uhr, um 22:00 Uhr findet die Lesung des Herrn Uhu statt." Die Eichhörnchenmutti eilte von Tierunterkunft zu Tierunterkunft und informierte alle Tiere aus der Luft, vom Land und vom Wasser über das bevorstehende Ereignis. Im Nu war die Wunderweide voll besetzt, aus dem Garten, von der Wiese, vom Ufer des Gewässers kam das Echo der Vorfreude.

Es war 22:00 Uhr. Der stolze Uhu landete in der Wunderweide. Er sprach zu den Vogelkindern und auch zu Pinselöhrchen, dem kleinen Eichhörnchen hingewandt: „Für euch, die Kinder der Gemeinschaft, war heute ein besonderer Tag. Ich habe eure ersten Flugleistungen beobachtet und bin davon berührt. So ist es mir eine Ehre, das gewünschte Gedicht des Dichterphilosophen zu lesen." Nun begann der Uhu mit dem Vortrag.

Abendstimmung

Still lehnt der Tag sich an die Abendsonne,
beglückte Schmetterlinge und Libellen tummeln sich
in Wonne,
sie steigen, gleiten, flirten in der Abendsonne,
kein Mensch hat solch ein buntes Treiben je
ersonnen.

Berauscht schau ich mir dieses Schwingen,
Schweben, zartes Kosen an,
die Frösche quaken, gurgeln, plätschern nebenan.
Schmetterlinge, Libellen, Frösche mit den Wellen
spielen,
beglückt bin ich in meinen Sinnen und Gefühlen.

Erlebe Zartheit, Unbeschwertheit, Wunderfarben-
pracht,
die Stille tut so gut, die Ouvertüre vor der Nacht.
Das Schilf, die Blätter rufen meinen Künstlern zu,
kommt her, gönnt euch bei uns ein ganz kleinwenig
Ruh`.

Und auch die Vögel sind berauscht von diesem
bunten Treiben,
sie flüstern ihren Kleinen zu, das Fliegen, Kinder,
lernt ihr noch, ihr müßt sie nicht beneiden!

Fledermäuse, Fische, Käfer fragen eifrig, wie die Grillen,
lernen wir das Fliegen noch, von den Faltern und Libellen?

Nun senkt der Abend sich in Sanftheit nieder,
die Dunkelheit reckt langsam ihre Glieder.

Ein jeder ruft dem ander`n zu mit Augenglanz,
kommt morgen wieder her, zum Schmetterling-Libellentanz.

Es war die Zeit angebrochen, wo viele Bewohner der Wunderweide sich nun auch auf die Abreise in die neue Heimat vorbereiteten. So war es erfreulich, dass sich, wie in jedem Spätsommer, zu solchen Höhepunkten auch die Freunde aus den, an der Straße stehenden Ahornbäumen in der Wunderweide einfanden.

Die Rotschwänzchen, Rotkehlchen und Ringeltauben hatten ihre Kinder schon vor einigen Wochen ins selbständige Leben entlassen. Ihre Liebe und Treue zur Wunderweide stand im Zusammenhang mit den Winterfutterstellen, die sich in ihrer unmittelbarer Nähe befanden. Hier trafen sich vom November bis zum April alle gefiederten Freunde, die diesem geliebten Milieu und dem Dichterphilosophen auch über den Winter die Treue hielten. So wärmten Tier und Mensch in der Zeit der Kälte und der Winterstürme durch Fürsorglichkeit gegenseitig die Seelen. Nun traten sie und die zu versorgenden Igel, nicht zu vergessen die

Eichhörnchen, in den Mittelpunkt der Tages-
abläufe. Über fast zwei Wochen war es be-
unruhigend still um die Unterkunft der Eichhörnchen geworden. Weder die Eichhörnchenmutter, noch das kleine Pinselöhrchen
ließen sich blicken.

Sehr lebendig ging es dagegen jetzt an
den Ufern des Gewässers zu. Die Stockenten
spielten gemeinsam mit den Rallen und den
Haubentauchern. Man hatte den Eindruck,
alle wetteiferten bei einem Tieftauchkurs
darum, wer wohl am ehesten den Gewässer-
grund erreicht. Es war ein Stimmengewirr,
das die Herzen all derer, die das Spiel mit-
erlebten, höher schlagen ließ. Vom anderen
Ufer schauten die stolzen Schwäne mit ihrem Nachwuchs schmunzelnd hin zu der
fröhlichen Schnatterrunde. Ein junger
Waschbär lief eilig über die Uferkante, er
hatte auf der Uferbefestigung eine Maus
entdeckt, die zwischen den Steinen ihre
Wohnung eingerichtet hatte.

Der Waschbär, so niedlich er war, hatte überhaupt ein besonderes Talent, sich alles Fressbare, wem es auch gehörte, ohne Respekt einzuverleiben. Vor ihm war kein Körnchen, keine Nuss sicher. Der Abend kündigte sich durch aufsteigende Mückenschwärme und die ersten Kunstflugjäger, die Fledermäuse an.

Kapitel 6   Freude – Angst – Freude

Der Dichterphilosoph schickte automatisch einen kurzen Blick vom Ufer hin zur Wunderweide. Ihm war, als huschte in der Ferne etwas Kleines, grau – braun gefärbtes wieselflink über die Grashalme. Diese Wahrnehmung hatte ihn neugierig gemacht. Sollte er wirklich, nach langer Zeit, zum ersten Mal wieder sein Pinselöhrchen über das Gras hüpfen sehen? Er eilte hin zu der Stelle, die Erregung war groß. Wochen waren vergangen, seit er zum letzten Mal das kleine Eichhörnchen gesehen hatte. Seine Sehnsucht war groß, seit er wusste, die Eichhörnchen haben dem Grundstück ein Kind geschenkt, das er gern, gemeinsam mit den Eltern, auf den Winter vorbereitet hätte.

Es waren Stunden vergangen, er hoffte auf die Wiederholung des Erscheinungsbildes, da geschah etwas Wunderbares. Er hatte gegenüber seiner Sitzecke vor Jahren

einen Nagel in eine dort befindliche Trennwand geschlagen. An diesem Nagel hingen
einige Putztücher, die für allerlei Reinigungs-
vorgänge gedacht waren. Plötzlich zappelte
eines der Tücher. Wie von einer Zauberhand
bewegt, schwang es durch die Luft hin und
her. In diesem Augenblick schaute auch
schon die Erklärung über den Rand des
Tuches, es war das Köpfchen des kleinen
Eichhörnchens Pinselöhrchen. So hatte es
der Dichterphilosoph seit der ersten Begeg-
nung nach seiner Geburt benannt. Der
kleine Turner hüpfte vergnügt spielend kreuz
und quer durch die Tücher. Nun wartete der
glückliche Behüter auf das Erscheinen der
Eichhörnchenmutter. Es blieb bei der Hoffnung, die Erwartung, sie zu entdecken, be-
gleitete ihn noch eine ganze Woche.

Es war schlüssig, entweder hatte die
Eichhörnchenmutter ihr kleines braun –
graues Wesen sehr früh allein gelassen oder
ihr war etwas zugestoßen. Diese Schluß-
folgerung zog der Dichterphilosoph aus

seinem über Jahre erworbenen Wissen, wonach so winzige Wesen, grad mal so dick und so lang wie der Griff eines Handfegers, mit einem Köpfchen, so klein wie eine reife Süßkirsche, als Junghörnchen von ihren Müttern keinesfalls allein gelassen werden. Pinselöhrchen brauchte also dringend, so gut es ging, einen Ersatzpapa, der ihn aufpäppelt, damit das kleine Wesen sicher über den Winter kommt. So gehörte die Versorgung Pinselöhrchens zu seinem Tagesprogramm. An jedem Tag um die Mittagszeit bezog er seinen Beobachtungs – und sogleich Futterplatz, um den kleinen Wildfang versorgen zu können. Der Eichhörnchenbetreuer dachte sich, man könne es doch mal mit einem Ruf versuchen, denn die Hoffnung, der kleine Freund würde sich zumindest an die Stimme des Ersatzpapa`s gewöhnen, war nicht unbegründet.

So rief, er mit unendlicher Geduld in die Natur: „Pinselöhrchen, hallo Pinselöhrchen, komm, es gibt Futterchen!" Nach zwei

Tagen schien dieser Ruf zu wirken. Der kleine Gast erschien, wie in das Gras gezaubert, plötzlich vor dem Dichterphilosophen. Jetzt, bei den ersten Begegnungen, umkreiste der kleine Kobold sein für ihn riesiges Gegenüber in einem angemessenen Abstand von mindestens zwei bis drei Metern. Nach etwa einer Woche schauten sie sich bei der Fütterung schon aus einem Meter Entfernung in die Augen. Bis dann endlich in der dritten Woche der täglichen Begegnungen, zur Freude des Eichhörnchenernährers, das kleine possierliche Kerlchen tobend und spielend die Sitzgelegenheit seines Versorgers umkreiste und dabei die nächsten Umgebungen erkundete. Dazu gehörte auch die Inspektion der Blumenbeete, die Besichtigung der Winterunterkunft der ansässigen Igel, wie die interessierte Beobachtung der Flugkünste der Libellen und Schmetterlinge. Auch die Vogelfamilien und die Erkundung der Lebensweise der Wassertiere und vieles mehr machten die Entdeckungspläne des kleinen Eichhörnchens aus.

Zu seiner Lieblingsbeschäftigung war die Sicherstellung von Wintervorräten geworden. Alle Erdnüsse oder sonstigen Speisenangebote, die er nicht im Bäuchlein unterbrachte, verbuddelte er mit Hingabe an den unterschiedlichsten Stellen, war diese Arbeit erledigt, hüpfte er alle angelegten Depots noch mal an, um zu kontrollieren, ob er seine Reserven auch mit Sicherheit in der Erde verbuddelt hatte. Dazu gehörte auch, kehrte der kleine Fleißling von seinen Schlafpausen zurück, die er sowohl auf den Dächern der Nistkästen der Vögel oder in einer Astgabel verbrachte, zurück, hüpfte er nochmal akribisch zu seinen Vergrabungen, um zu prüfen, ob seine Reserven noch unter der Erde waren. Die Abende und die Nächte verbrachte Pinselöhrchen ununterbrochen träumend, was man an den Zuckungen seines Körperchens und den Flitzbewegungen seiner Beinchen erkennen konnte, gemeinsam mit allen zur Nachtruhe eingekehrten Vögel, in der Wunderweide.

Eines Abends kreiste über dieser Szene eine Ringeltaubenmutter, sie rief in den Baum hinein: „Hallo, liebe Freunde, die Vögel der Wasserwelten haben mir den Vorschlag übermittelt, für den morgigen Abend den Dichterphilosophen zu bitten, seine Zustimmung für einen Abendvortrag zu geben. Wäret ihr an einer Teilnahme interessiert?" Zuerst hob Pinselöhrchen ein Händchen als Zeichen der Bereitschaft. Die Vögel aus der Wunderweide schickten einen Zustimmungsruf in den Abend. Auch vom Wasser, aus dem naheliegenden Wald und von der Wiese stimmten die Bewohner zu.

Als Vortragende hatte man die Ringeltaube ausgewählt. Als sich alle Teilnehmer um sie versammelt hatten, begann sie mit ihrem allgemein bekannten Ruf GU – RUCKU – RUH. Darauf folgte der Text des Abendgedichtes.

Stunde vor der Nacht

Senkt sich der Abend über das Silber der
kräuselnden Wellen,
winken vom anderen Ufer verzauberte Schatten,
wie sie abendverliebte Bäume bestellen.

Faszinierende Stimmung taucht unsere Seelen in
wohlig` Behagen,
möchten vor Glück die Wesen unter den Wellen
nach ihrem Befinden fragen.

Genießt es! Ruft`s vom Himmel uns zu – wie aus
den Gräsern der Heide,
auf uns`ren Blicken schreiten die Seelen über`s
Wasser, in den Schatten der Weide.

Stille weckt Sehnsucht der Sinne nach gediegener
Einkehr,
empfinden es, als ob`s ein neues Erkennen uns`rer
Seelen wär.

Atmen die Bilder der Stille, wollen in Erbauung die
Augen schließen,
beglückt vom Geschenk, erhabene Stimmung vor
der Nacht zu genießen.

Uns`re schwimmenden Freunde eilen herbei, ihren Pas de deux zu zeigen,
wir folgen uns`rem Sehnen, uns vor dem Geschenk der Stunde zu verneigen.

Kapitel 7   Aufbruch und Ausblick

„Ist diese schöne Welt nicht ein großes Glück für uns Tiere?", fragte der Schwan aus der Ferne. Um ihn herum waren alle Wasservögel, Frösche, auch die Waschbärenfamilie versammelt. Aus der Wunderweide und der Hainbuchenhecke kam, einem Chorkonzert gleich, die bestätigende Antwort. Die Vielstimmigkeit gab dem Moment etwas Festliches. Grillen, Fledermäuse, Igel, die Vogelfamilien, das kleine Pinselöhrchen, die Pferde auf der benachbarten Weide und die Waldvögel waren mit ihrer Beifallsbekundung zu einer herzerwärmenden Gemeinsamkeit zusammengefasst.

Ein Igel begann seinen Rundgang, um jetzt vor den Herbstwochen, seine Winterbehausung erstmalig zu prüfen. In der Wunderweide ernährten die Elternpaare der Mönchsgrasmücken und Fliegenschnäpper den Nachwuchs, denn es stand fest, in den nächsten Tagen muss für alle gesichert sein, dass der Abflug gen Süden beginnen kann. Auch die Wasserbewohner beratschlagten jetzt an allen Abenden, wohin sie sich zurückziehen werden, sollte dieses Stammgewässer, auf dem sie die Sommer verbrachten, zufrieren. Der Igel dackelte durchs Gras und schnaufte dabei vor sich hin, er hoffe, dass in den nächsten Wochen genügend Laub zur Ausstattung seiner Styroporwinterwohnung von den Bäumen fallen möge. Er war glücklich darüber, dass der Dichterphilosoph ihm diese Unterkunft mit viel Liebe und Hingabe zusammengebaut hatte. Aber um den strengen Frost eines Winters abzuhalten, hielt der Igel es für gut, sich zusätzlich um Wärmedämmung zu bemühen. Wozu wären die Stacheln sonst auf seinem Rücken, könnte er sie nicht auch zur Aufspießung von wärmendem Laub benutzen.

Am nächsten Morgen, noch vor Sonnenaufgang, erhoben sich die Familien der Fliegenschnäpper und Mönchsgrasmücken in die Lüfte. Es ging gen Süden in wärmere Gefilde, um dort neuem Nachwuchs neues Leben zu schenken. Jeder von ihnen stieg, als hätte er eine besondere Flugroute im Sinn, von anderer Stelle in andere Anfangsrichtung, die Familie war aufgelöst. Jeder sollte sich am neuen gemeinsamen Ort, eine neue Liebe suchen, so, wie es auch vor Wochen in der Wunderweide der Fall war. Nun wurden die verbleibenden Freunde des Dichterphilosophen immer überschaubarer. Neben dem grau – fuchsrot gefärbten Pinselöhrchen, das die meiste Hingabe benötigte, blieben für die Herbst – und Winterbetreuung jetzt noch an der Seite des Treusorgen-den die Meisen, die Spatzen, die Tauben, die Rotschwänzchen, die Amseln und die Igel und nicht zuletzt die Wald – und Wassertiere.

Sie alle wussten, ihre Versorgung ist bei dem Dichterphilosophen in gutem Herzen und guten Händen. Für die Igel waren genügend Vorräte an Erdnüssen zur

Verfügung. In der Stahlschüssel, aus der vor Jahren der Hundefreund versorgt wurde, konnten sich alle, die es wollten, bedienen. Für die hungrigen Vögel waren ausreichend Futterstellen eingerichtet, um ihnen zu keiner Zeit eine Not zuzumuten. Bis zum Beginn des Winterschlafs entschied der Igel über Essenszeit – und Menge selbständig. So hatten auch die verbliebenen Vögel morgens und abends ihre Einflugzeiten, um sich an den Futterstellen die hungrigen Mägen mit Sonnenblumenkernen, in Öl getränkten Haferflocken und anderen Körnern zu füllen.

An einem Nachmittag im September spielte, wie an jedem Tag zuvor, das Pinselöhrchen in der Wunderweide. Es war gewachsen, das graue Bauchfell begann die Farbe des erwachsenen Eichhörnchens anzunehmen, die Lenkroute, sein stolzes Schwänzchen, zeigte gesund und buschig gen Himmel. Nach wie vor spielte es in den Grashalmen mit seinen am Sperrzaun hängenden Putzlappen, dabei vergaß es nie, seine Depots mit den Wintervorräten, die weit und breit verstreut waren, zu kontrollieren. Seine Zutraulichkeit machte seinen „Ersatzpapa" sehr glücklich. Das Äußere Pinselöhrchen`s zeigte von Tag zu Tag immer mehr an, ich werde erwachsen! Die dunkelgrauen Flaumen am Bauch und am langgestreckten Puschelschwanz, wichen immer mehr einem wunderschönen fuchsroten Anzug des erwachsenen Eichhörnchens.

Der Dichterphilosoph hoffte, diese Partnerschaft möge lange erhalten bleiben. Es war das erste Mal, dass er dies alles mit einem Eichhörnchen genießen konnte. Eine Nähe, auch notwendige Distanz, die nur wenigen Menschen vergönnt ist. Zwar hatte er in den vergangenen Jahren allabendlich das seltene Glück, zu erleben, dass die an der Uferkante des Gewässers spazieren gehenden Igel Futter aus seiner Hand annahmen. So waren die abendlichen Stunden am Wasser besondere Erlebnisse und beflügelten ihn, in seinen Niederschriften das Thema

Vertrauen vordergründig zu bewahren. Denn waren die Igel satt, legten sie sich zwischen seine Füße und schnarchten lautstark.

Der Dichterphilosoph vergnügte sich damit, sie ausgiebig zu streicheln. Nach etwa einer Stunde rappelte sich der Schläfer, steckte, wie erschreckt, seinen kleinen Rüssel in die Nacht, als wollte er damit erspüren, wo er denn eigentlich sei, stand auf und lief mit schnellen Beinen ins Unterholz zur Wohnung. Das junge Eichhörnchen Pinselöhrchen gehörte zu den intensivsten Tagesbeschäftigungen. Während jetzt die Igel schliefen, weitete Pinselöhrchen seine Spaziergänge auf dem Grundstück von Tag zu Tag weiter aus. Es erkundete immer mehr Bäume, nahe stehende Hecken, Löcher in den Baumstümpfen, aber besonders interessierten ihn die Tannen und das daran befindliche Zapfenangebot.

An einem Nachmittag der ersten Septembertage ging der kleinen Partner des

Dichterphilosophen auf einen Weg zu, den er noch nie gegangen war, dieser führte hin zum Ausgang in Richtung Wald. Ein beklemmendes Gefühl überkam den menschlichen Freund. Es war, als würde ihm jemand ins Herz rufen, jetzt geht er, Pinselöhrchen verlässt die Wunderweide und den Dichterphilosophen. Noch war es nur eine bedrückende Ahnung. Aber die Zielstrebigkeit, mit der das Eichhörnchen hin zur Waldkante lief, ohne sich umzusehen, ohne den Anschein zu geben, er möchte heute nur einmal kurz in die andere, nie betretene Richtung gehen, weckte in dem Dichterphilosophen die Vermutung, Pinselöhrchen hat sich für das Leben in der großen Welt der Wälder entschieden. Dies hätte er als normal empfunden, wäre da nicht die Besorgnis gewesen, dieser kleine noch unfertige Körper könnte den Anforderungen dieser Welt nicht gewachsen sein. Der menschliche Betreuer hätte gern noch vier bis sechs Wochen zur Verfügung gehabt, um mit seiner Fütterung den kleinen Freund für ein Leben in der

Freiheit auszustatten. Dass er die Betreuung der Mutter relativ früh verloren hatte und dadurch wertvolle Lehrstunden für ein gesichertes Eichhörnchenleben nicht hatte, beschäftigte ihn sehr. Sehnsuchtsvoll schaute er deshalb auf den Weg, auf dem Pinselöhrchen seine einstige Heimstatt verlassen hatte, in der Hoffnung, von hier möge der kleine Freund doch noch einmal zurückkehren. Er war weder egoistisch noch naiv eingestellt. Er wusste und das respektierte er, kein Mensch hat das Recht, die Freiheit der Tiere zu beenden oder aus eigennützigen Gründen heraus, einzuengen.In den folgenden Wochen fasste der Dichterphilosoph für diesen Lebensbereich den Entschluss, das Schöne aus dem Zusammenleben mit Pinselöhrchen, wie auch mit allen anderen Tieren, zu bewahren und zu hoffen, sein kleiner Freund habe alle Ausstattungen, um sich in seinem neuen Lebensraum zu behaupten. Nun sorgte der treue Freund der Tiere für alle die, die ihn über die Wintermonate dringend benötigten.

An einem beliebigen Morgen im Okto-
ber stand er am Fenster, schaute auf seine
Bäume und ließ zusammengefasst die schönen Zeiten des vergangenen Frühlings und
Sommers an seiner Seele vorbeiziehen. Es
war wie ein Wunder, da huschte ein wunder-
schönes, starkes rotbraun gefärbtes Wesen
auf die Eiche, die neben der Wunderweide
stand. Der Dichterphilosoph rief erfreut:
„Pinselöhrchen, mein Pinselöhrchen, du bist
zurück – du lebst – du bist gesund!" Er lief in
den Garten. Als er vor der Wunderweide
stand, auf die daneben stehende Trennwand
blickte, spielte, wie damals im Frühjahr, ein
Eichhörnchen fröhlich und vergnügt mit den
Putztüchern, die dort hingen. Als es dann
kreuz und quer durch den Garten lief, um
seine im Frühjahr angelegten Reservelager
zu prüfen, stand fest, Pinselöhrchen ist zurückgekehrt. Er ging zum Futterkasten, in
dem die Erdnüsse für die Winterversorgung
der Igel lagen, nahm davon einige in die
Hand und legte sie vor seine Füße. Der ver-
traute Freund Pinselöhrchen stellte sich

senkrecht auf, kam, wie vor einigen Monaten, auf den Dichter zu, welche Freude, das Vertrauen war nicht verloren gegangen. Zur Begrüßung hatte er seinen wunderschönen buschigen Schwanz zum Himmel hin aufgestellt.

Als er nun den gleichen Weg zum Wald hin wählte, den er schon vor einigen Wochen gegangen war, sah der Freund ihm beruhigt hinterher! Hinter dem Rücken des Dichterphilosophen schwebte in diesem Augenblick das letzte Herbstblatt von der Wunderweide zur Erde. Darüber hinweg flogen mit majestätischem Ruf die Kraniche ins Nachtquartier, man hatte den Eindruck, sie wollten noch einmal ein letztes Gedicht vortragen.

Leben begreifen

Schwebend schaukelt das Blatt vom Ast hernieder,
schaut im Schweben zum Himmel - zur Erde wieder
und wieder.

Schaukelnd im Gleiten ist sein Ziel schon bestimmt,
es gibt nicht die helfende Hand, nichts, was ihm das
Schicksal nimmt.

So muss es geschehen, das Blatt muss sich der
Natur wohl beugen,
Seine Geschwister bleiben im gleichen Procedere
nur betroffenen Zeugen.

Ich verfolge des Blattes Weg - von der Heimstatt zur
Erde,
bedenk´ dabei, dass ich, meinem Gesetz nach,
auch so enden werde!

Im Schweben durch´s Leben, im Gehen - im Liegen
im Sitzen - im Stehen,
ist mir, wie dem Blatt, erhebendes Gefühl auch im
Fallen geschehen.

Will mir drum sagen - bin ich oben, bin ich
gleichsam auch unten.
Begreif mich im Erkennen - Leben - ist Summe von
Tagen - den tristen wie den bunten!

Bewahren wir diese Reichtümer des Lebens, sind sie für unser Morgen und das Morgen unserer Kinder das einzig wirkliche Kapital für Geist und Seele!

Epilog

So können wir, fassen wir diese zu Herzen gehende Aufzeichnung über die, die unsere Urgeschichte, unser tragendes Element sind, zusammen, müssen wir feststellen; vereinen sich in hohem Maße gediegene Intelligenz mit edlem Gefühl, ist jedes Individuum berufen, Gestalter des überwiegend positiven Lebensverlaufes zu sein. Die Negativa, die sich in unsere Wege einnisten, begreifen wir so nicht nur, wir besiegen sie! Führen sie hin zu einem tragischen Ende, sind wir trotzdem ihre Beherrscher, denn mit erworbenem Geist und bewahrten, human geprägten Gefühlen, bestimmen wir auch den Ausweg aus dem Dilemma! Behüten wir im allumfassenden Sinne die uns umgebende Natur, gestalten wir damit die Zukunft unserer Kinder und unserer Enkel.

Über den Autor

René Carsten wurde 1933 in Halle / Saale geboren. Er lernte in seiner Kindheit und Jugend, auf dem Lande lebend, harte Arbeit wie Durchsetzungskampf kennen.Mit seinem 15. Lebensjahr ging er in die „Welt", verließ das Haus seiner Großeltern, die ihn erzogen.

Er studierte nach externem Vorstudium an der Deutschen Hochschule für Musik: „Hanns Eisler", in einer Solistenklasse Gesang, vertiefte sich dabei gleichzeitig in das Studium des Faches Psychologie.

Ein weiteres Studium absolvierte er später an der Fachhochschule für Journalistik in Leipzig. Er arbeitete in verschiedenen Institutionen als Redakteur, Regisseur und Dramaturg.

Rene´ Carsten lebt heute in der Nähe der Stadt Storkow (MarkBrandenburg) und pflegt hier seine große Liebe, die Schöpfung lyrischer Literatur.